编委会

沙头望月

太仓市沙溪镇人民政府
太仓市诗词协会 编

上海文化出版社

图书在版编目（CIP）数据

沙头望月 / 太仓市沙溪镇人民政府，太仓市诗词
协会编 . — 上海：上海文化出版社，2024. 8. —
ISBN 978-7-5535-3051-2

Ⅰ . I227

中国国家版本馆 CIP 数据核字第 2024R0Q424 号

出 版 人 姜逸青
责任编辑 王茹筠
装帧设计 长 岛

书 名：沙头望月
编 者：太仓市沙溪镇人民政府 太仓市诗词协会
出 版：上海世纪出版集团 上海文化出版社
地 址：上海市闵行区号景路 159 弄 A 座 3 楼 201101
发 行：上海文艺出版社发行中心
上海市闵行区号景路 159 弄 A 座 2 楼 201101 www.ewen.co
印 刷：苏州市越洋印刷有限公司
开 本：787×1092 1/16
印 张：12
版 次：2024 年 8 月第一版 2024 年 8 月第一次印刷
书 号：ISBN 978-7-5535-3051-2/I·1175
定 价：68.00 元
告 读 者：如发现本书有质量问题请与印刷厂质量科联系 T：0512-68180638

古镇之晨

沙溪古镇风貌

沙溪古镇老街

新镇区风貌

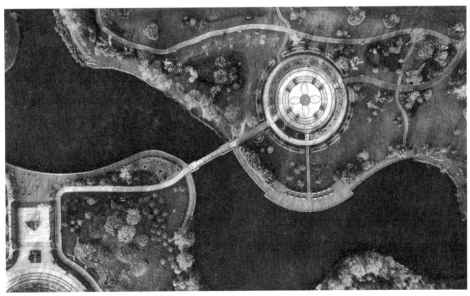

航拍下的沙溪镇印溪生态湿地公园

沙溪产业园

沙溪农村田园风光

序

今年春末，我有幸被邀去沙溪采风，当时据主办者告知，这次采风的目的，是为了与沙溪镇镇政府合作，一起创作一本能够比较全面反映沙溪新貌，并进一步深入挖掘沙溪古镇文化的沙溪诗词专辑。

临行前我做了点功课，知道太仓的沙溪镇是 2005 年 9 月就被入选的第二批中国历史文化名镇，2012 年又被列为中国世界文化遗产后备名录，因此这次采风吸引了来自江浙沪三地的诸多诗友，这些诗友便是本书的作者团队了，他们将用自己的诗词记录下历史流淌至今的沙溪风貌。

时间很快过去了四个多月，一叠经过整理后厚厚的诗稿摆在了我的面前，这部诗稿除了主要分为"文化古镇、经济重镇、福祉名镇"三大部分外，编者还别具匠心地设立了"雏凤清音"一章，专门收集了太仓沙溪一组小学生的习作，想来编者是试图让我们在观览流淌至今的历史文化中，也能前瞻到沙溪美好的未来吧。

这部诗集虽然只是一次采风活动，但是所采的却是千百年来的中华汉风，诗集中大量的篇幅抒写了汉唐遗风，所以当我们在暮春时节"踏碎千年青石条，杏花声里动春潮"穿过古街的时候，眼之能见的是"一河开出千年福，两岸丰成万顷田"，耳之可闻的是"精舍依河筑，遗风话汉唐"，口之欲言的是"深宅古院三百年，试问江左安能见"，心之所思的是"金钩银画样，千年一脉融"，一干诗人，情之所动的莫不是"古镇千年，几度丰华，几许风光"。在这样的一个氛围中，每一个采风人都被相互之间的诗情所感染，当一个人可以由内到外地浸淫在诗词本有的那种韵律之中时，其创作的激情必然会比通常情况下更加高涨，诗人能超常发挥都是在情理之中的，而这，恰恰是"采风"活动最需要的。

诗词的表达，除了注重历史文化的积淀之外，当代社会生活的反映，无疑也是一个重要的内容，因此在这部诗集中，诸多诗友也浓墨重彩地花了大量的篇幅来表达对这个"经济重镇"的摹写。但是，相对于传统文化的表现，诗词这个酒瓶要装上表达新时代内容的美酒，在内容、意象、措辞等的协调性上具有更多的不吻合性，因此难度是很大的，如何将这类内容表达好，甚至可以作为一个课题来进行探讨。太仓本地诗人龚道明先生因《太仓日报》头版报道"今年首季，沙溪镇四项主要经济指标均实现两位数增长，工业经济交出高分答卷"一事，而喜占一绝志贺，其手法可谓到位，是抒写这类题材很值得借鉴的一种模式，其诗云："牡丹四月绽青枝，惊艳天香国色姿。借问名花何盛放，欲教古镇亮新仪。"所写的似乎仍是传统套路，却是借花说佛，所咏的已是别样光景。这种完全用的是旧酒瓶，却满满装进了新酒，应该是最和谐的一种创作路子。

鉴于这部诗集的作者几乎都是业余爱好者，甚至有的诗友接触诗词创作也才几个年头，所以，我们毋庸讳言，也许在语言表达、架构设计、创作形式等方面笔力会有所羞涩，比如有的作品浮于表象，缺乏深入挖掘的技巧，有的作品言尽意尽，少了诗词应有的隽永，有的作品行文老实，不善运用修辞的手段，但是也有不少作品可以让我们寻找到诗词应有的文学价值，无论是从诗歌的语言、形式、风格、思想等各个方面考察，我们都可以看到它们所展现出来的价值和特色。

例如葛为平先生的一曲《满庭芳·沙溪古镇》，写出了今日沙溪十分饱满的人文内涵："古巷幽深，雕窗别韵，小桥流水西东。茶楼过雨，烟色坐望中。只是黄花隔岸，绿篱远、红袖朦胧。会深院，琵琶声起，未敢叩镮铜。沙溪真古镇，里中雅士，野处泥鸿。漫仰得，旧前远岫高峰。一若凡山壁立，俯江海、不卧篙蓬。轻移杖，凭栏小酌，还不忘玄恭。"而鉴于本次雅集诗友来自江浙沪三地，张湧先生的《癸卯闰二月沙溪雅集》则最能概括一众异地诗友的坡仙心情："一轮古月照沙头，几度春风忘白鸥。梦里虽知身是客，枕桥醉卧亦黄州。"而不少诗人更是将自己的笔触伸展到了时空之外，如程永彬先生的《直水写生》，充满了一种中国式传统的浪漫主义情调："老蝉抱叶不知舒，直水少藤林圃疏。岁岁清秋洞箫启，一杯邀月下庭除。"春末写秋，丰富的想象中给读者一个很广阔的空间，邀月何如？自然不是来听寒蝉的凄切，而是在一片皎洁的月色中听箫赏桂，其色、其音、其味，无不给读者赏心悦人的惬意感受。再比如龚道明先生的《香塘村访田郎不遇》诗云："东风吹得绿天涯，携眷踏青春意赊。欲访田郎问蝴蝶，他家院内种鲜花。"充满了浓郁的中国特色的浪漫主义情调。

有鉴于此，这部诗集所呈现出来的积极意义就不言而喻了，我相信这些作品中必然会有一些将进入当代诗坛中成为其中的雪泥鸿爪；也必然会有一些将进入到沙溪、太仓、苏州乃至江苏的精神文明建设的大旋律中，成为其中的几个优美音符；更必然会有一些将进入到传统文化的传承和发展中，贡献一份绵薄之力。这也是我在应邀这次采风时就已经刻意产生的一个意识，所以特意制作了一个小词《沙溪引》，这个自度词的写作，我是严格依据唐宋词本有的韵律特征制作的，与随心所欲毫无章法的一些所谓"自度曲"完全不同。当然我的意图不是仅仅在创制一个文学作品而已，而是希望有可能的话，它会成为沙溪的一张小小的公关名片。很荣幸有好多诗友填词相和，希望它不会就此之后，戛然而止。

最后，再次感谢主办方盛邀，能得以参与这次采风雅集，也感谢主办方给予我这个能先睹为快的机会，并向诸位介绍我的一点阅读体会。

是为序。

癸卯白露，蔡国强草于抱残斋

蔡国强，杭州师范大学韵律研究所所长，词谱学家。

目　录

contents

卷　首

沙溪引

文化古镇

经济重镇

福祉名镇

雏凤清音

（沙溪镇归庄小学紫藤诗社咏穿山诗选）

卷
首

七律·奉题沙溪三迭

葛为平

癸卯春日，值苏沪浙诗人雅集沙溪，其党委政府领导亲嘱，为沙溪其美其强其福而快意诗之。余欣然，奋笔三迭，聊以酬奉。

文化古镇

街石斑斑过雨青，烟波四合柳如旌。

含潮七浦年千远，望海凡山洞古生。

白发凭栏诗酒老，小楼怀旧管弦轻。

先贤故事从何说，且听时珍谒世贞。

经济重镇

丹鼎千钧举若轻，登高何惧远山行。

官家岁有檀公策，黎众世传诸葛旌。

引凤梧前棠蔽芾，印溪商处水怀情。

冰霜惯有东风破，古浦逢春潮又生。

福祉名镇

繁花拥墅柳丝轻，燕子飞低错剪樱。

不是农家奢故第，只缘田邑比仙城。

溪流月下层层梦，岸听沙中朗朗声。

秋半吴娘何处去，张琴折桂采红菱。

沙溪引

　　癸卯闰二月，苏沪浙六十余位诗人雅集于沙溪，杭州师范大学韵律研究所所长、词谱学家蔡国强先生特为沙溪创自度词《沙溪引》。现记词谱及唱和于此，以铭盛事。

沙溪引

【谱　式】

花影沙溪悄。落日黄昏小。古庵橋外，鐘聲遠、隨雲幽渺。
⊙●⊙○▲　◎●⊙○▲　◎○○●　○○●　⊙○○▲

漫想水粼粼，槳悠悠、游人杳。　萬戶流光掃。一夢春情裱。
●●●○○　●⊙○　⊙○▲　◎●⊙○▲　◎●⊙○▲

長簷街上，雞兒唱、天明猶早。似見餅盤香，甫出爐，風來討。
⊙●○●　○○●　⊙○○▲　●○●○○　⊙●○　○○▲

沙溪引

蔡国强

　　尝游沙溪古镇，摩肩接踵，一片繁荣。怀想当年古意，或又别有一番情趣。度《沙溪引》摹写之，以博太仓诗友一哂。

花影沙溪悄。落日黄昏小。古庵桥外，钟声远、随云幽渺。漫想水潾潾，桨悠悠，游人杳。

万户流光扫。一梦春情裱。长檐街上，鸡儿唱、天明犹早。似见饼盘香，甫出炉，风来讨。

沙溪引·首摹蔡国强老师
癸卯三月初六新度此调

葛为平

街老春风眷。巷静花衣远。雨烟深处，铜环绿、壶觞还暖。只念柳如丝，月如钩，渔歌晚。

翠色溪中溅。故事沙边演。宗师舒袖，笙箫默、画梁飞燕。漫看岁悠悠，酒青青，浮云卷。

沙溪引·诚谢蔡国强老师为我沙溪镇量身定度词调

葛为平

浊酒篷边煮。宝瑟襟中抚。临流望断，西湖客、开宗行谱。但听感真真，意绵绵，心如古。

得句乡愁吐。应律桃夭舞。娄东何幸，沙溪引、人神皆慕。道是一花栽，万年开，香千浦。

沙溪引

黄匡

名镇千年眷。可惜游程远。抱拳新雨，推敲急、程门行卷。忐忑语平平，意空空，望星晚。

不是交情浅。只是词难拣。空居人老，临佳景、开杯停盏。泼墨试重来，放非常，修偏短。

沙溪引·以癸卯沙溪雅集事调寄老道兄自度词

张　湧

　　漫步千年镇。放眼春秋近。浮沉多少，江淹笔、欲书难尽。却可巷中游，市上看，坊间隐。

　　一阕沙溪引。独领沙溪韵。载歌归去，心犹念、柳新芽嫩。但忆彩云飞，夕阳斜，时光瞬。

沙溪引·用蔡国强大师自度体韵

周彩萍

　　风暖红桃俏。春浅青梅小。一隅茶馆，筝弦动、茶烟幽渺。但见水波明，燕身斜，柳腰袅。

　　澹荡花溪窈。隐约市声杳。古庵桥上，天犹早、行人尚少。独爱雨疏疏，桨悠悠，这方晓。

沙溪引·梦里童年用蔡国强大师韵

黄稼英

环翠三更悄。夜半冰盘皎。芰荷香溢，鸡鸣寂、蛙鸣声妙。但觉桨轻轻，水滑滑，波绵淼。

紫竹迎风钓。赤葛随竿绕。老榆阴下，童儿笑、寻花斗草。已是白帆归，夕阳斜，飞鸿杳。

沙溪引·癸卯春日雅集依蔡国强吟长新度曲韵

汪德符

榄岛听啼鸟。松鹤亭中眺。印溪街巷，人潮涌、酒旗斜挑。依旧水潺潺，市熙熙，春风好。

月夜庵桥姣。玉影箫声渺。群贤欢聚，苏杭沪、骚人论道。更喜谱新词，叠唱酬，竞辞藻。

文化古镇

五律·过沙溪古镇

沈华维

精舍依河筑，遗风话汉唐。
穿街寻古巷，隔岸赏花窗。
市早商曾盛，棉丰世不荒。
海潮犹带雨，文酒遍生香。

七绝·橄榄岛

葛天民

堆土如山橄榄形，五龙桥畔美名称。
千竿竹翠遮幽径，忘却隔河市井声。

汉宫春·印溪桥影

夏受乾

戚浦微澜，过印溪名镇，桥卧轻烟。飞虹三匝巧画，满月成圆。良宵望夜，水中天、交叠银盘。旁驳岸、螭窗鳞次，明灯栉比珠联。

曾记荣华当日，集工农士贾，楫越舟穿。临街杂陈水陆，匾旆纷妍。人行接踵，路相逢、呼应声喧。今胜昔、新生故里，更期看好明天。

五律·古镇沙溪行

张诚一

故地壮行色，流波年岁何。
拱桥含满月，小阁枕长河。
古巷同肩阔，棂窗临水多。
明清风韵在，戚浦泛新歌。

穿山赋

龚道明

赞山之大，谁不晓，珠峰离天三尺近。惊山之小，君可知，穿山拔地廿仞高。斯山兮，娄城北去，归庄之郊。秀岩灵洞，江左留誉，古寺名园，方志堪豪。势削悬崖断，根移怒雨来，清代梅村纵笔。洞口秋云暗，山腰夕照明，元朝如镜挥毫。直壁倚天，禹王痛抽吴剑。峭崖立马，诗人醉写楚骚。崩云磴上，珠串翠微，白云迷路，戏作柳花飞霄。钓鳌台畔，露缀苍苔，青竹点波，笑看鳌鱼掀涛。雨昏秦洞霓虹吐，风拂禹门日月招。

呜呼，青山不老，红尘易迁。愚公来也，六十年前。斯山移至，吴淞口边。乾乾兮，朝迎云水，惕惕兮，暮宿风烟。纵使明月空照，一片清风，十里桑田。然而史迹长存，村民梦里，墨客心间。

幸矣哉今日，福地开新，重见兴隆。良田百顷云洇绿，美宅千家日染红。少年学子，红巾飘胸。丰收时节，扶醉田翁。今风古韵双臻美，物阜人和共乐融。

五律·步韵奉和沈华维先生过沙溪古镇

龚道明

印溪思慕久，如梦到高唐。

漫漫云封院，蒙蒙雨锁窗。

三桥连古巷，七浦入遐荒。

吟罢君佳作，我侪唇齿香。

七绝·缅怀吴晓邦先生

龚道明

从戎投笔赴龙争，三渡东瀛学艺成。

喝彩神州树圭臬，舞魂雄烈为人生。

七绝·印溪八景（附联）

龚道明

戚浦听潮

悠悠戚浦镇中横，枕上听潮诗意生。

国有难时江水助，奔雷夜半似军声。

附联：

浦水奔腾，潮声来枕上；

戚兵呐喊，军阵入诗中。

天泉望月

千年涵映水晶光，爱得嫦娥晚梳妆。

莫畏红尘多劫数，醒来又见碧浪浪。

附联：

碧海无涯，素娥凭桂阙；

青天有路，赤县起兰舟。

万盏渔灯

长空月白夜茫茫，渔火天星洒一塘。

多少悲欢付沉寂，何人横笛诉沧桑。

附联：

飘野渔歌，声谐三弄笛；

明空灯火，情满一溪星。

北院荷香

艳艳红花引梦长，田田翠叶为谁扬。

莫非曾与陶朱约，西子分来曲院香。

附联：

雅院风和，叶绿凝凉韵；

清波日丽，花红散暖香。

松墩鹤唳

寻常莫道冷荒郊，阵阵风来起翠涛。

白鹤知音携客愿，一声长唳入云翱。

附联：

盖地苍松，壮影邀谁看；

冲天白鹤，悲声倩我听。

虹桥夕照

夕阳自古爱风骚，为赋新词血染袍。

催我携诗不辞晚，访鸥信步过虹桥。

附联：

秋色桥连，稻菽千重浪；

夕阳人爱，云霞万里天。

竹林环翠

是谁枝叶亦关情，解道民间疾苦声。

毕竟板桥尘世少，空摇瘦影费丹青。

附联：

凤舞翩翩，高格宜诗画；

龙吟细细，幽怀品夏秋。

长寿钟声

泥佛金装色彩新，烛光香气共氤氲。

苍生天下能长寿，撞得钟声上遏云。

附联：

佛影依稀，贫富同长寿；

钟声清晰，民官共昊天。

五绝·凡山村边怀穿山

龚道明

不见玲珑影，空传绝妙辞。
君飞何处去，惹得后人思。

七绝·闲步沙溪八首

龚道明

亭桥雾锁（亭子桥）

疑是瑶池初出浴，轻纱半掩美人妆。
请君缓步休颠倒，亭妹前年已嫁郎。

红色回眸（1966吧）

红地红天红舞歌，神州是处梦春婆。
无涯往事资茶肆，夕照悲欢逐逝波。

白楼起舞（吴晓邦故居）

文脉悠悠灵秀依，白楼昔日凤凰飞。
印溪带得情千万，舞遍神州载誉归。

促织情浓（促织馆）

童年最盼月初升，悄悄携笼唤友朋。

敛步满身花弄影，喜闻篱角织机声。

诗熟茗香（江南民间现代诗歌馆）

粉墙黛瓦枕河楼，翠茗缥缃香共浮。

槛外虹桥犹未赏，诗情早已涌心头。

古韵仙居（梅村客栈）

仿古装潢别有天，明清家什忆当年。

夜阑梦绕圆圆曲，不是神仙胜似仙。

长弄苍幽 （邱家巷）

幽长古弄隔谁家，历史履痕镶万花。

欲采丁香千古梦，春风秋雨送年华。

绿水泛舟（七浦塘）

客舟欸乃嫩风香，七浦清流廊画长。

借问伊人何处去，俏然遥立水中央。

七绝·印溪漫笔六首

龚道明

老街

石板长街立古碑，茶楼酒肆闹塘湄。
文君已老相如富，今日当垆会是谁。

老树

一树桃花带雨开，刘郎去后有谁栽。
几回人世春婆梦，草木年年自在来。

古宅

曲槛回廊碧柳丝，黄梅结子燕来迟。
十年一觉华胥梦，堪叹何尝杜牧之。

古桥

碧水东来早晚潮，白云南去路迢迢。
欲摹霞客君知否，今日登临第几桥。

赠王姓老竹匠

苏轼抚琴居有竹，冯谖弹铗食无鱼。
千人足下千条路，各领风光莫自歔。

访龚氏雕花厅

重檐翘角入云端，绣柱雕梁众细看。

五百年前谁可问，我来一笑一长叹。

五律·车过直水寄语不雕先生

龚道明

崔公诗健否，朝暮看吴戈。

黄叶声多少，红醪味几何。

莫听燕北曲，还唱印西歌。

尘世苍茫里，同怀马伏波。

满庭芳·沙溪古镇

葛为平

古巷幽深，雕窗别韵，小桥流水西东。茶楼过雨，烟色坐望中。
只是黄花隔岸，绿篱远、红袖朦胧。会深院，琵琶声起，未敢叩镮铜。

沙溪真古镇，里中雅士，野处泥鸿。漫仰得，旧前远岫高峰。
一若凡山壁立，俯江海、不卧篷蓬。轻移杖，凭栏小酌，还不忘玄恭。

五古·挽穿山借太白《关山月》诗韵

葛为平

扼腕望穿山，无形秀水间。

大江东万里，思绪绕吴关。

那日风栖洞，千舟泊月湾。

景由骚客借，至此未归还。

不面三丘石，何开七尺颜。

眸回遗址叹，一叹乱清闲。

浣溪沙·沙溪老街印象

葛为平

旧竹临流古韵来，茶楼倒影任波裁。溪风为我涤尘埃。

枕水画梁迷雨燕，含烟故事动青苔。青苔小米向春开。

蝶恋花·沙溪古镇印象

杨世广

几里红楼春似海。人在烟萝，飘渺浮金界。玉女瑶姬相对态。当筵莫惜流霞采。

笑指庵桥寻故爱。河上殷勤，为问归家快。明日东风吹酒盖。樽前只解传欢卖。

七律·七浦桥

杨世广

七浦长桥横古道，行人到此尽回头。

红花漂落绿河内，白鸟飞来野水流。

几处楼台临远铺，谁家犬吠隔轻舟。

凭栏莫问兴亡事，只有斜阳照客羞。

七律·沙溪古镇印象二首

周彩萍

一

老街假日叠人潮，时见红裙间绿袍。

桥映春波闻管竹，花开闾巷听伯劳。

海棠饼熟何须等，蜜豆糕成不用叨。

今至江南风雅地，与君携手乐滔滔。

二

老街未改旧时妆，古巷悠悠留味长。

吴调叮咚引暇思，清溪迂折宴群芳。

邻桥茶室陈幡挂，照水丽人裙角扬。

四月江南多胜景，闲游归去赋诗忙。

满庭芳·沙溪古镇印象

周彩萍

雨后沙溪，明前古镇，小舟划过松垣。恍如前世，来认旧容颜。梦里依稀犹记，春如酒、纵隔千年。别来久，环湖诸岛，鸥鹭未曾闲。

啼鹃，飏细雨，春深故里，急管繁弦。爱梅子清圆，杨柳堆烟。若问渔舟归处，红桥外、双艇徐还。歌筵上，诗情正涨，酬唱到樽前。

五律·春日过陆京士故居

周彩萍

黄浦潮如昨，乌衣事莫寻。

风摇数杆寂，门锁一庭深。

昔日陈蕃榻，今无匹马临。

惟余枝上燕，犹恋旧棠阴。

五绝·沙溪采风有感

蔡　平

古镇涌春潮，沙头面貌骄。

江南风雅地，精彩看今朝。

七绝·印溪八景同韵八章

黄　匡

戚浦听潮

万马奔腾气倍雄，无边新浪一天中。

戚家军阵威犹在，却似炎皇战共工。

天泉望月

泉在西街吐彩虹，恒娥妆镜对天公。

忽然一阵金风起，吹动相思上碧空。

万盏渔灯

木渎浜头晚唱红，平湖深处聚渔翁。

风灯明灭星千点，怕是孙仙又闹宫。

北院荷香

北道院中荷一丛，瑶池阿母匠心工。

红裳翠盖雕栏处，夏日消闲与我同。

松墩鹤唳

高埠清幽养古松，何来白鹤伴青葱。

三声惊落南天月，唤得朝霞一抹红。

虹桥夕照

高真堂上阁楼崇，下有石桥名唤虹。

多谢羲和常照应，送来晚照满天红。

竹林环翠

临河幽竹曲廊通，熹日小桥青翠中。

尼老不知春已至，误将新笋作篱笼。

长寿钟声

声声巨响启迷蒙，一寺飞临佛也从。

三界自今换颜色，色空二字隐其踪。

七律·吊五柳园主

黄　匡

心齐五柳发余威，胡老沙头独接归。

筑室巢南齐越鸟，吟风仰北杜诗闱。

今凭浊酒浇松柏，曾读清华亲德辉。

过尽樵渔唯鹤在，碧云生暮不相违。

七律·次韵钱永泉沙头人家

黄 匡

南沙边际乐声悠，君唱吾随忘百忧。

旧雨离时分一柳，新朋去处聚三楼。

非为阿堵功名客，总是深情汪李舟。

共享欢欣无极尽，初心付与折前侯。

七律·忆直塘

焦 桐

七十年前外祖家，临河水榭夕阳斜。

风帆满挂徜徉下，画舫伊呀踟蹰划。

石脚螺蛳双手拢，浜滩蟹蚌网兜拿。

楼空人去难回首，老宅长街似际涯。

七绝·沙溪古镇四首

焦　桐

一

碧水沙溪绕白云，直塘窄巷酒香熏。

庵桥柳色朦胧月，忘却归家仙乐闻。

二

夕照虹桥一抹霞，竹林晚翠接归鸦。

松墩鹤唳流连客，橄榄岛头舟作家。

三

玄恭隐姓庄园地，元美情牵祖氏桥。

七浦长流铭范正，人民苦乐一肩挑。

四

曩昔沙头望海潮，今朝遍地是平遥。

园区百里蒸腾上，稻菽千重美酒飘。

七律·春日感怀兼忆沙溪诸友

焦 桐

曾经远眺印溪东，执手攀游乐隐枫。

岁月诗书全化酒，沧桑涕泪不成蛊。

青藤照旧迎春挂，翠冠临新苤夏隆。

夕映童山无尽处，潮声阵阵磬音空。

七律·归庄

张 湧

推仔小楼何处寻，归庄识得泪难禁。

忧谗畏讽红尘事，物与民胞国士心。

劲草岂随风乱舞，缁衣不惧夜相侵。

娄东莫道无丘壑，代有高贤胜老林。

七律·癸卯春日沙溪古镇有怀

张　湧

平平仄仄楼沿水，叠叠层层瓦次鳞。

小巷小桥皆入景，无风无雨自成氤。

麦芽糖里勾回忆，青石街头拾旧尘。

上下千年一朝夕，五城不识几番春。

七律·沙头故事

张　湧

常熟昆山又太仓，沙头回望转沧桑。

一时碧海风烟去，几国云帆集市昌。

富庶元因人聚散，文章只在意徜徉。

万年息壤千年土，垒得江南鱼米乡。

因王德山吟长旧稿而续貂四曲

张　湧

［双调］步步娇·古镇

古镇桥头鹅黄绽，丝柳垂河岸。屋檐叠似山，乌瓦白墙衬雕栏。春水更无澜，烟景等闲凭人看。

［仙吕］醉扶归·古桥

日走千乘辇，夜过万条船。横卧清溪伴水天，笑看乾坤变。但望虹桥两边，自有那古意诗情远。

［双调］清江引·雕花厅

深宅古院三百年，试问江左安能见。重檐翘角尖，落地长窗面，正把印溪风貌显。

［双调］沉醉东风·橄榄岛

小岛幽清逸园，环溪化外桃源。百鸟喧，群芳展，萋草翠绿树参天。缓步叠石顺势延，亭阁楼台随路转。

七绝·沙溪行（外一首）

陈燕青

青瓦黛墙青石巷，廊桥庭院浦塘依。
万千游客摩肩至，怀古尝新不愿归。

题吴晓邦《绣红旗》剧照
依稀旋律舞飞扬，鲜艳红旗制作忙。
先烈精神铭后世，长宵过后是新光。

五绝·洞天茶庄

汪德符

楼隐隔喧嚣，茶香伴弄箫。
洞天深几许，启牖是庵桥。

七绝·乐隐园

汪德符

几处清漪映翠枝，一桥曲径渡春池。
何须乐隐瞿公宅，放眼田园尽是诗。

五律·橄榄岛山体公园

汪德符

旧人游旧岛，面目又呈新。
绕水长廊筑，沿坡曲路伸。
江边亭听浪，桥上虹连津。
山秀皆风景，花红一色春。

七律·游沙溪

汪德符

古镇沙溪客正稠，千年七浦但幽幽。

曹逵旧迹无方觅，京士故居何处留。

乐隐园添新水榭，石牌坊伴老街楼。

庵桥入夜清波静，月影重来映晚舟。

五绝·吴晓邦故居

鲍善安

新潮风泰斗，现代舞名流。

欲问吴家宅，传奇小白楼。

七律·沙头人家

钱永泉

故庐依水洞天悠，世代街坊共乐忧。

南浦风摇三径柳，画轮影落半江楼。

日斜未必长留客，潮起何妨早发舟。

不入喧嚣心自静，身居僻巷胜封侯。

蝶恋花·沙头拾遗

钱永泉

浦柳垂丝依碧水。蝶绕花丛，归雁雕梁垒。转角街坊春卷味。货郎叫卖廊亭尾。

老屋门前风拂苇。新酿飘香，陌上人微醉。夕照河桥连碧翠。蛙鸣声里栖霞坠。

七律·沙溪河街行

钱永泉

衢市晞微又晓钟，东溪草碧炫春容。

江风水郭檐前燕，吴苑池台阁外松。

好客乡间人意热，呼儿里巷世情浓。

经川熙阜潮声叠，浦屿莺歌独秀峰。

七律·烟雨古巷

钱永泉

巷陌檐头雨滴中，千门往事过堂风。

垣墙半蚀花依旧，阁道斜通客不同。

远去高贤珠箔静，迟来故迹画楼空。

乡音回响烟塘岸，晚霭望归一老翁。

七律·穿山遗址感怀

钱永泉

风吹野渡复秋冬，海上丹崖绝旧踪。

十里春台成幻景，一湾蓬岛失奇峰。

名山洞古尘千劫，御笔碑残雾几重。

遗石沉沙僧对影，禅门暮寂数寒钟。

七律·穿山古渡秋

钱永泉

望中孤寺雨迷蒙，岛影奇峰恨已空。

古渡狂澜沉去雁，平芜乱石逐飞蓬。

从来山水常随月，寄与江湖难避风。

一泻昆仑秋潦涨，寒烟未散夜潮东。

注：《太仓州志·山》嘉靖本云："太仓山唯穿山为天作。"穿山，又名凡山，太仓历史上唯一自然形成的山体。电视纪录片《话说长江》中曾解说道："太仓境内的穿山是长江从青藏唐古拉山发源地流向东海入海口的最后一座山。"远古时的海上仙山，也是一座人文之山。穿山上曾有乾隆的御碑，山上有景点十四处，山下有山庄园林十一处，乃人文荟萃之地。

钗头凤·重游沙溪老街

黄稼英

四十多年前，余曾与友人骑车至沙溪。看电影，初尝鲜啤。那滋味，至今涩舌。

虹桥秀，庵桥陡。棹歌轻响团溪右，长记取，春云暮，结伴飞车。乍尝啤卤，苦，苦，苦。

时光皱，青衫瘦。故交嘉友无闻久，穿西府，过东庑，听水回头。看船惊鹭，嘘，嘘，嘘。

七绝·忆沙溪老街新华书店

黄稼英

当年桥堍小楼中，觅典寻章意气雄。

未晓书生何处去，红星依旧照涂崧。

忆江南·咏沙溪八景

黄稼英

听潮戚浦

炊烟起，听戚浦潮鸣。古树千寻穿偃月，名将鏖战护苍生。波静已三更。

天泉望月

嫦娥醉，中夜桂飘香。水弄烟岚颜敛色，天泉明月影成双。寒魄挂高岗。

通津渔火

团溪乐，渔火映炊烟。月色朦胧风乍起，娃声喧闹桨轻扳。三妹酒歌欢。

北院荷香

风荷舞，榆畔暗香飘。绿伞团团无限碧，红云娆娆尽情妖。莲下觅琼苞。

松墩鹤唳

松墩友，疑是客华亭。朗月清风虬影舞，残梅孤鹤伉声鸣。和靖蓦然醒。

虹桥夕照

斜阳落，檐角点飞金。半壁霓虹收夕照，三秋荷芰拨瑶琴。暝色入衣襟。

竹林晚翠

微风叠，环翠掩庵踪。身处幽篁听尺八，心拈花叶入空蒙。高士但从容。

长寿钟声

朝曦上，金顶沐祥云。暮鼓无醒名利客，晨钟难劝不归人。怡穆浴红尘。

五古·沙溪古韵

邵秀华

七浦水悠悠，望月向江东。

听风来潮声，顺流舸升篷。

陈抟桥无垣，论道始未终。

百载银杏健，叶茂老干雄。

五柳园中静，遛鸟聚闲翁。

灵宝香火旺，祈福撞晨钟。

清漪乐隐园，翠枝织空蒙。

茶庄有洞天，徽角化神工。

丝竹余音绕，宫商韵无穷。

金钩银画样，千年一脉融。

老街妆未改，繁华代代同。

七律·依韵西园公子沙头故事

邵秀华

戚浦横塘贯太仓，粮丰鱼跃麻与桑。

扬帆破浪常千舸，旺阜通衢达四方。

品茗同听丝竹韵，访街细闻饼糕香。

江南古镇繁华地，更谱田园锦绣章。

渔歌子·沙溪印象

潘国彪

亭檐廊下倚画栏。柳岸花间忆南山。沽美酒，望晴川。吴语轻

歌短棹还。

七律·归庄怀古

潘国彪

少年拔剑沙场去，投笔书生意气扬。
敢以匹夫驱虎豹，奈何独木对强梁。
凡山且作南山隐，腊酒还胜御酒香。
破碎山河今巨变，归来是否识归庄。

忆江南·寻梦沙溪

陈　晨

循浦岸，风暖柳丝堤。水榭亭中人语细，仙斋居外鸟鸣低。春到古桥西。

七绝·过沙溪古镇

陈　晨

白云路转廊桥见，古井亭前花树低。
七浦横塘春似水，莺鹎惹得放声啼。

七律·归客沙头一梦

陈　晨

渔歌一曲人方醒，水色云光照眼明。
七浦潮惊归客梦，天泉月满故乡情。
庵南竹影身当正，院北荷馨气自清。
夕映虹桥寻旧迹，忽闻宝寺古今声。

七绝·夜游沙溪兼赠魏东道兄

汤　华

魏晋清流悉已空，何人差可共千盅。
灯河沉影沙头月，坐拍桥栏唱大东。

七律·沙溪春日遣怀兼遗俞洞主

汤　华

戚浦塘流几度春，长河景象费逡巡。
月光回照庵桥老，风浪淘来人物新。
驹影百年归影事，柳烟十里杂烟尘。
洞中缓曲明前好，面水凭窗小出神。

七律·谷雨

汤　华

扁舟一叶出江坳，烟柳鸣禽谷雨交。
春水群鱼潜浪底，沙洲孤雁上云梢。
离人渐隔无消息，归燕犹来就故巢。
何必相濡着相忘，托身沧海作浮匏。

七绝·沙溪猪油米花糖

宋宝麟

猪油相聚米花糖，一纸方包喜字章。
香糯脆甜昔年味，时空拉近是家乡。

贺新郎·沙中出了个王淦昌

宋宝麟

梁栋沙中出。学之勤、天才有路，志存高立。年少黉门英才露，总会扬帆奋翼。探科学、天涯咫尺。诺奖擦边谁扼腕，又何须、恋慕虚名惜。有志者，先忧国。

隐身大漠真才策。用智慧、攻关夺隘，可歌可泣。寒暑飞沙知多少，奋战茫茫戈壁。斗两霸、七年博弈。赢得孤烟花怒放，鬼神惊、照亮长城赤。强国梦，耀今日。

七绝·梦里水乡

陆淑萍

踏碎千年青石条，杏花声里动春潮。
东南第一何须问，今到沙头梦未消。

浣溪沙·七浦听潮

陆淑萍

此水萦纡抱几城。云连东海接穹庭。青风两岸万尘清。

七浦塘边参起落，三桥影里落阴晴。倚栏思绪共潮声。

［仙吕］醉中天·橄榄岛

宋宝麟

惊叹人工巧，更比自然骄。看那曲岸春风逐浪涛，柳下蜂蝶花中闹。何处声声弄箫，一介儿向云间绕，盘旋直上重霄。

七绝·直水老街

鲍群慧

明末新兴塘北街，家家驳岸水侵阶。

双桥遥对横烟际，真假三层错影排。

七律·直溪行

鲍群慧

南沙尽处水无湾，名动尤因女化仙。

普济增辉诚万缕，凌家余址面三间。

碎石路筑声的笃，丁字街头马不喧。

春日徐看巢燕返，矮檐陋舍自心安。

五律·洪泾往事

鲍群慧

举国习毛著，洪泾得远名。
授传千户学，巡讲百家迎。
大队出模范，阿桃上北京。
万般皆往事，功过任人评。

七绝·沙溪老街

鲍群慧

元时避乱始西迁，水岸熙隆庭院连。
闾巷奇幽街市隐，夜阑灯火有归舡。

七绝·古镇

魏丽霞

石街三里明清韵，水阁花窗自古颜。
倒影拱桥如满月，人来客往但悠闲。

七绝·老屋

魏丽霞

粉墙斑驳窗门朽，见证经年多事秋。
少小艰辛犹在目，空庭对望引枯愁。

五古 · 老街坊

魏丽霞

暮年回故地，探望老街坊。

小巷依然在，邻居粉黛妆。

儿童皆不识，长者近遗忘。

翁媪闻声出，趋前眯眼详。

稚名随口唤，执手话家常。

絮语孩提趣，笑声深巷扬。

七绝 · 沙溪晚影二首

黄印良

河街夕照

河街幡帜挂斜阳，悬阁雕墙日影长。

棹唱清波闲入梦，谁家倩女转深廊。

登橄榄岛

沙头小岛使人迷，紫燕归飞绕故堤。

浦口虹桥连晚翠，亭前坐待月中溪。

七律·沙溪古镇

郭学平

物宝天华称九州，延绵戚浦自悠悠。
乐荫园畔闲情满，吊脚楼前古韵收。
老巷遗踪思感触，洪泾往事若云浮。
新潮早换旧时水，浩荡春波万里流。

七律·观七浦塘

郭学平

望眼春波接碧天，胸襟涤荡叹先贤。
一河开出千年福，两岸丰成万顷田。
社稷浮沉凭史笔，范公忧乐振心弦。
古今多少江山改，只有清名代代传。

七律 · 怀吴晓邦

郭学平

曾因建馆出绵力，也慕英才仰白楼。
相伴门生听史绩，兼留影册佩名优。
身将化剑雄风展，舞以投枪壮志酬。
艺术创新开鼻祖，无声姿语响千秋。

注：建馆，指太仓筹建吴晓邦艺术馆。

七绝 · 吴晓邦故居

郭学平

古巷高墙隐白楼，葱葱碧树绿苔幽。
莺啼婉转迎新客，欲向行人颂俊流。

沁园春·沙溪（外一首）

郭学平

古镇千年，几度丰华，几许风光。有老街旧韵，古风缭缭，新城宏廓，远景堂堂。花写音符，麦翻韵律，正是新年新乐章。春潮涌，凭工商农士，尽绽芬芳。

沙头自古辉煌。东乡里、盛名甲一方。更文人代出，贾商云集，园林吐翠，墨客留香。唐调轩昂，舞魂回荡，七浦悠悠文脉长。今胜昔，看初心依旧，无限韶光。

满庭芳·沙溪中学

世代名流，百年荣路，沙中屡创辉煌。名师哲匠，助凤起龙翔。倾注春泥澍雨，情所致、桃李芬芳。摘霞锦，星云瑰丽，辈出状元郎。

悠然观俊杰，国之翘楚，显露锋芒。有多少，鸿生彦士增光。更看今朝学苑，新一代、发奋图强。重回望，源头活水，欣赋满庭芳。

七绝·沙溪印象

顾雪明

朱楼傍浦近清风，乌桨轻摇溪水通。
小女庵桥偷自拍，入云堪比羿妃红。

七绝·范仲淹拓浚七鸦浦一千年二首

程永彬

一

故里华光景物移，江南烟水望中迷。
会当击节同吟唱，来觅当年旧柳堤。

二

忆昔吴门几圣贤，惟君风度最翩翩。
一塘源远清纯水，装点世间逾万年。

注：七鸦浦，即七浦塘。

七绝·直水写生二首

程永彬

一

老蝉抱叶不知舒，直水少藤林圃疏。

岁岁清秋洞箫启，一杯邀月下庭除。

二

大名原唤木行桥，陌巷入编成素描。

只为识交文苑事，千家暖浦又潇潇。

七绝·直塘普济寺新塔二首

程永彬

一

长堤七浦尔依偎，如见楼台江左材。

唐塔耸天香气似，述今摩古逸闻来。

二

石础悠然比海桑，体修心善不寻常。

塔高欲胜波罗老，鸦雀飞来瞰小康。

注：清代《吴门表隐》载，普济禅寺前身为唐代广安寺，乃江南五大名刹之一。

七绝·庵桥访古

程永彬

孟秋碧水送金风，表相平常内质雄。
默默辛劳多少代，路边犹见木芙蓉。

七绝·题七浦消夏图

程永彬

相依夏夜笑牵牛，十里渔歌分外柔。
疑是方壶返尘世，团溪直水足淹留。

七律·明代穿山桑思玄居士

程永彬

江天海气拥亭栏，太息当年质似磐。
赴职多持古仁政，隐乡不改褐衣冠。
孤忠名与帆峰著，高躅风生娄地叹。
谁令流年能逆走，千株万盏照琅玕。

七绝·沙溪灵宝长寿寺绝句十首

子　愚

灵霞法师

禅寺空门长寿人，修持悲悯向红尘。

洞天香火随缘旺，何问堂前是几春。

拜佛主

长寿寺中朝梵像，晨钟暮鼓去无常。

众生更待菩提日，仰慕双林上炷香。

石沙弥

六度沙弥许石人，绿荫难掩玉童身。

若知莲上元无二，坐觉娑婆只一轮。

十方桥

十方桥下一清流，如镜天成映岸楼。

侧畔木鱼声不断，伽蓝晓梵诵千秋。

安养殿

回眸一笑话红尘，名利皆空本是真。

今见佛旁灵隐处，谁非安养殿中人。

直心堂

但把浮生当字练，一横一竖岂能邪。
直心自有神来助，写出经中彼岸花。

龟寿碑

殿前刻石比南山，万古身名未汗颜。
落坐疑巡仙界里，莫非寿字取云间。

幡旗

幡旗高耸日沉西，刹寺威风万木低，
入得黄墙离苦海，游魂休近耳旁啼。

放生池

梵林锦鲤远江湖，上下浮游疑吐珠，
夕照一池虚幻色，呢喃悲悯不殊途。

闭关

欲入空门学自禁，头陀坐跪向双林。
梵声入窍灵香散，处处莲花莫外寻。

七绝·沙溪古镇四首

周黎霞

其一

两岸人家隔烟树，三桥虹影入清明。

河棚靠坐无余事，镇日书声杂水声。

其二

窗外市喧烟火暖，门前水色海空明。

尘寰已辟桃源住，何必缘溪行复行。

其三

波光潋滟上河棚，花影离披茶气生。

灯火阑珊归去后，鸳鸯瓦浸月通明。

其四

七丫浦外风烟净，乐隐园归三径迎。

乡里善人衣食足，壶中日月照心清。

经济重镇

七古·沙溪重镇歌（歌行体）

葛为平

江南雨罢绿如蓝，水入沙溪月落潭。

沃土由来天禀赋，八乡十里共分甘。

分甘远望日当午，曾有先贤巡七浦。

两岸絮棉白似云，谋成万锭纱先吐。

溪西侧畔起红楼，济泰开来壮志酬。

立足吴封成三鼎，涨来潮水载鲸舟。

泱泱商贾如江鲫，酒巷花庭人满席。

古镇身披锦绣衣，枕水人家怀玉璧。

玉璧怀来欲鼓筝，卢沟桥畔起枪声。

心惊机杼谁人织，好梦稀成一碗羹。

若不雄狮过大江，何来重镇入肩扛。

东山红日重升起，又得高名盛故邦。

学子精研东布缕，村姑摇变浣纱女，

长亭长影渐双双，日久双双成眷侣。

运转时来时不止，更多故事春风里。

窗开万象眼中新，芳草天涯花四季。

四季花开怎一枝，持盈拓业正当时。

穿山赤壁迎鳌甲，活水金泾涨凤池。

此处虽无尧与舜，溪边自有新人奋。

淘沙觅宝数风流，摸石过河凭祖训。

君不见，执耳新科向浦迁，盘龙药谷引神仙。

回乡赤子擂千鼓，出海鲲鹏上九天。

重镇煌煌秋野阔，望中秋野是丰年。

丰年何以年经久，烟雨朦胧人尽谙。

吾写长歌山顶唱，甘棠默默立江南。

注：

1. 重镇：重镇之重，概因经济建设的体量、历史贡献以及区域赋能之定位。沙溪之重，缘于纺织业。

2. 先贤：此指百年前兴办利泰棉纺厂的蒋伯言、顾公度等太仓民族工业的先驱。

3. 万锭：沙厂初建时拥纱锭万余枚。

4. 红楼：1930 年利泰纱厂建造用于接待商户的"印溪小筑"。

5. 济泰：利泰之前名。

6. 吴封三鼎：利泰建厂时成为江苏省仅有的三家棉纺厂之一。

7. 高名：解放后纱厂实行公私合营，1961 年受到纺织部嘉奖。

8. 穿山：原在沙溪境内的一座山名，石色赤。

9. 金泾：现沙溪境内"药谷"周边的一条通浦河流。

10. 甘棠：棠梨树。典喻美政。

满庭芳·沙溪药谷

葛为平

不见群峰，无寻深涧，只缘谷在壶天。淘丹法古，秘授赖渊源。想是时珍问序，曾留下、本草遗篇。后人奋，盘溪拓土，开物认从前。

古街三里外，远尘近水，热土香兰。小药丸，卿卿性命攸关。付与一方空阔，总换得、万庶金安。今还看，东西璧合，百企共婵娟。

注：据历史记载，药圣李时珍曾跋涉千里两次到太仓，寻求王世贞为《本草纲目》题序。

五绝·沙溪产业四首

葛为平

制药

寰球山水隔，连臂起虹桥。
小小微生物，当惊天下妖。

新材

春风催澍雨，沃土茁新苗。
迭代高分子，推高世界潮。

智能

大军屯电脑，命令出云霄。

一键行千里，如何怕路遥。

织造

梭动无人织，絮轻不见飘。

还看机架上，丝路一条条。

鹧鸪天·归庄黄酒

杨世广

黄酒香浮琥珀浓，玉杯潋滟醉颜红。人生行乐须年少，莫待秋霜点鬓蓬。

庭鼎沸，座华宫，尊中有客是仙翁。明朝又向归庄去，回首烟波万里空。

七律·题太仓沙溪生物医药产业园

杨世广

春风吹绿遍天涯，药圃花开富贵斋。
万卷诗书供啸傲，千秋事业付安排。
园中有客寻丹灶，路上多人问铺街。
法度平衡施正道，楼林雨后醉金钗。

七律·题归庄酒庄

周彩萍

归庄老酒盛名闻，认取春风旧酒幡。
气带醇香迷远客，坛开清冽出柴门。
轻飏细雨桃花渡，淡映斜阳柳叶村。
一咏琼瑶百忧散，何劳店主再开樽。

忆江南·玄恭酒

周彩萍

江南酒，斯处味偏浓。轻踏春风新浦左，闲寻香旆画楼东。琼液谓玄恭。

推盏后，粉面暗生红。青杏开时三夕雨，白鸥飞处半江风。何物更从容。

五绝·庄西村玄恭园

蔡 平

曾经叶复隆，遐迩酒乡雄。
一醉风情在，玄恭梦幻中。

秋风清 · 玄恭酒庄

汪德符

醪玄恭，源复隆，秘酿酒糟种，飘香千里风。乡村乡貌开新业，故人故事传无穷。

七绝 · 现代农业园

鲍善安

搭起超宽透亮棚，智能科技入高层。

种田操作流程化，掌上连屏一键承。

七律·走进生物医药产业园

钱永泉

药谷环城伏卧龙，乡田难觅旧时踪。

飞来孔雀争奇峭，映处高楼独秀峰。

远略谋篇描曙色，雄心在眼酿春容。

千秋古邑开新局，造福苍生寄意浓。

沁园春·印溪之光

钱永泉

井邑通川，纵连海势，鸥鹭飞翔。揽燃情绿野，潮喧七浦，春堤叠翠，蛙鼓南塘。熙埠生金，河津酿蜜，沃土丰田厚植桑。沙头美，望衔云水郭，映日东仓。

古街泽远流长。沐朝露、群黎迎曙光。看故园滋茂，江风海韵，先贤留迹，烟雨留芳。炫眼新村，比邻楼宇，世代家园地换装。开新局，挟雷鸣电闪，风掣旗扬。

七律·再访玄恭酒业

黄稼英

微雨蒙蒙洗紫藤，清波熠熠浴红菱。

千车细数连云起，五谷精挑带露蒸。

竹外淘来诗半盏，风中漉出酒三升。

谁言七浦无佳酿，椟玉玄恭足自矜。

七律·游玄恭酒业记趣兼和朱永兴吟长

黄稼英

寻芳觅趣到东乡，窈窕蔷薇逗酒缸。

细雨霏霏垂柳醉，微风飒飒碧兰香。

闲游紫陌听花语，轻拨青芦观鹭扬。

玉爵频传呼李杜，丹毫错落赋华章。

七绝·品沙溪玄恭酿

陈 晨

仙酿玄恭琥珀光，村居旖旎满庭芳。
宜吟一曲飞花令，谱作新词入酒觞。

七绝·口占

龚道明

牡丹四月绽青枝，惊艳天香国色姿。
借问名花何盛放，欲教古镇亮新仪。

注：2023 年 4 月 13 日，《太仓日报》头版报道："今年首季，沙溪镇 4 项主要经济指标均实现两位数增长，工业经济交出高分答卷。"读而喜之，口占一绝志贺。

五绝·庄西酒香怀玄恭

龚道明

有心驱鞑虏，无力扭乾坤。

爱酒知君意，喜今香满村。

七绝·玄恭酒二首

陆淑萍

一

自古诗仙早有名，今闻壶里泉水声。

随风散入江南雨，一滴金仓饮满城。

二

归庄米酒最深情，大碗盛来海样清。

醉里千诗皆太白，壶中莞莞若玄卿。

五律·太仓药谷科创蓝湾

鲍群慧

药谷众家栽，沙溪主阵台。

弘森收显效，昭衍重良才。

北部创新聚，中区服务推。

三链无缝接，金凤自然来。

七绝·玄恭美酒

鲍群慧

泾河交汇水清醇，古法精醅桌上珍。

琥珀流光飞玉盏，醉袍袖舞尽天真。

蝶恋花·药谷感怀

郭学平

七角楼中才聚首。医药科研，展尽风华茂。破茧飞翔豪气陡。声威直向云霄吼。

跨界鞋坊开长懋。谷起风雷，飙扫驱尘垢。喜看朗天烟雨后。凯歌一路琴高奏。

十六字令三叠

郭学平

招商

溪。赫赫招商超预期。营商切，项目似星驰。

药谷

溪。炯炯丹心拥睿慈。谋宏计，药谷化神奇。

振兴

溪。幅幅宏图尽是诗。田园阔，遍地映丰熙。

七绝·播梦沙溪

宋宝麟

沙溪历史两千年，多少神奇世代传。
播梦生花新故事，高科百业又争妍。

七绝·话说娄江庄西酒

宋宝麟

曾羡娄江出海舟，千帆浩荡伴云鸥。
波光影里庄西酒，一梦流痕醉舫楼。

满庭芳·难忘沙溪

宋宝麟

古镇悠悠，明清气象，老街溪水同行。三桥下面，日月过无声。
唯有船娘吴曲，永不变、悦耳亲聆。门桥外，学娃咏唱，陶醉起瑶笙。

沙头曾记否，醒狮纱傲，天下闻名。化肥秀，亚非聚会传经。
一九五研发地，原动力、四海欢迎。光芒耀，层楼再上，今日又标兵。

注：一九五，195柴油机。

七绝·部优产品旋耕机

宋宝麟

一位伟人说："农业的根本出路在于机械化。"
铁牛后挂是耕机，犁遍郊原展五晖。
曾占鳌头家国醉，而今照旧领衔威。

声声慢·今日沙溪

宋宝麟

东吴重镇，粮仓之基，沧桑千载沙头。却看翻身之变，岁月长留。纺织化肥机械，领衔时，多少风流。再续梦，领千帆驰骋，开拓鸿畴。

生物药方发力，产业链，高科竞技还优。创意创新文旅，国奖丰收。服务招商果硕，好前程，利为民谋。上楼眺，见朝阳红映，古镇金秋。

福祉名镇

满庭芳·沙溪平野

葛为平

　　白鹭翻飞，蒹葭起伏，溪边一片阳光。扶筇伫立，大野久相望。不见犁人面土，千万顷、驭驾耕桑。花田处，诗家吟咏，游客也痴狂。

　　水乡天禀秀，含烟农墅，沿浦康庄。暮色里，欣欣遐迩宫商。坐问此情何以，闻道是、雨露甘棠。风儿静，沙头望月，好个夜阑香。

蝶恋花·古镇玫瑰

葛为平

致沙溪女警

　　飒爽英姿昂阔步。落地铿锵，守正心中路。水阁迎街风自舞。玫瑰总在莺飞处。

　　古镇琳琅常细数。突发来时，未语身先赴。束得戎装谁不武。甩开长发游人妒。

踏莎行·重镇卫士

葛为平

致沙溪民警

巡野如鹰，守山若虎。一枚银盾精魂铸。缘何偏向雨中行，团溪百业云深处。

伟业神来，忠诚我付。方圆百里千回度。夜深愁不月朦胧，初心照得来时路。

临江仙·名镇忠仆

葛为平

致沙溪辅警

诚是沙头一旅，当知竹报三更。巡檐相望月相迎。呕心呈父老，沥血染东升。

日出舟车不息，云来风雨同行。回眸方得悟高名。祥溪多抱墅，墅底漫箫笙。

七绝·沙溪七赋

葛为平

七浦塘

春风吹举涨潮音，绕过青田入我襟。
得抱朝阳迎望水，沙头处处是流金。

白云路

南北通衢十里长，分街跨浦接东乡。
迎来天下名流士，指往云边白米仓。

橄榄岛

不扬尘土不争时，由任新芽变老枝。
久卧中流分七浦，听潮望月待相知。

小白楼

小隐洋楼西市旁，百年无语见沧桑。
庭中一叶风吹去，惟影宗师舞甲裳。

穿山址

为有穿帆起洞天，骨棱肤赤对江眠。
随缘得道粉身去，大象仍留山水间。

邱家弄

凌空俯看一条鞭，触石抬望一线天。

春雨绵绵红伞动，轻衣一袭惹神仙。

恩钿园

篱前姹紫四春开，月季夫人手自栽。

古道此应天上物，非知常馥钓鱼台。

［中吕］山坡羊·香塘露营村

葛为平

村边欢笑。溪边垂钓。香塘绿野春先到。杏含娇，柳蛮腰。鸳鸯更比东风俏。帐外是谁人鱼在烤。娘，也在跑。娃，也在跑。［么］东家生俏。西家抬轿。农家日子阳光照。水生桥，又生潮。蒹葭不厌溪边闹，白鹭儿常言溪上好。人，也未老。天，也未老。

五绝·沙溪游记四首

葛为平

庄西去后

一瓮玄恭酒，三天未下床。

妻儿呼不醒，梦里在归庄。

橄榄岛上

凭栏人入浦，过径绿沾腰。

今掬鳌头水，能听昨夜潮。

露营帐里

蛙鼓三更静，鸡啼四野明。

卧听田犬吠，呆呆未拔营。

老街窗下

分明时下酒，浑似宋元间。

抑或三更睡，人醒梦未删。

七律·沙溪民生略写

葛为平

借范公墨香君轱辘诗韵并篡其公句（轱辘体）

衣

千般诗意在沙头，小镇襕衫尽入眸。

履善须眉披马甲，通灵粉黛拒貂裘。

一身市布秋中走，方寸罗巾春上游。

自取精神当底色，无将侈物比风流。

食

晨步长街暮泛舟，千般诗意在沙头。

馆堂经见光盘客，乡宴还传余菜兜。

莫说江村无野馈，此间鱼米向天酬。

三餐已罢渔歌起，摇橹垂纶钓月钩。

住

藕花深处起高楼，此福堪谁百世修。

一片晴云藏袖底，千般诗意在沙头。

乡间丝竹邻间绕，壁上规箴祖上留。

阅览架中都是梦，书香十里沁春秋。

行

筇杖芒鞋话已休，胶轮铁笛旧潮流。

黄昏步漫花间道，四季梭穿海外洲。

百样旅情搜网上，千般诗意在沙头。

黎人今可随心远，假日长如不系舟。

劳

塘边柳下画犁牛，陌上机群唱晚秋。

数字耕耘凭智造，一村蔬果借云邮。

归乡学子存高义，创业情怀旷九州。

烟雨楼台惊梦醒，千般诗意在沙头。

清平乐·香糖乐园

杨世广

风光旖旎。柳绿春风意。蝶舞篱喧游乐地。满目红芳碧水。

新园景致清妍。犹如诗画枕眠。遥想百千年后，谁人童趣当天。

鹧鸪天 · 沙溪春行

周彩萍

一树花开如我期，此番春景让人迷。半川鸥鹭翻晴雪，十里楼台倚翠薇。

开眼界，涤尘机，清愁未许动丝丝。风前若个来留影，浅笑轻颦两各宜。

七律 · 题七浦春色

周彩萍

七浦春光最可怜，温风十里涨晴烟。
思携双桨三桥渡，来赏人间四月天。
滟滟波澜辉此夕，离离芳草似当年。
若能画舫同听雨，惬意应胜酒中仙。

七绝·印溪山歌八首

黄　匡

一

潮来潮去戚浦河，哥撒网来妹唱歌。
今朝打得金鲤鱼，明朝为妹买珠罗。

二

天泉眼里月亮过，阿妹窗前来唱歌。
先唱织女好孤独，再唱阿哥修妹梭。

三

木渎浜头渔灯多，不知哪盏是阿哥。
明朝化作黄雀去，阿哥船头做个窠。

四

阿妹最爱北院荷，两朵并蒂绣心窝。
有朝寄与阿哥看，省得当面敲鼓锣。

五

松墩飞来鹤一只，鲜红顶子白衣驮。
阿妹心里忒喜欢，赶紧也变一只鹅。

六

夜到虹桥霞下坡，青春哪能随蹉跎。

慢收衣裳慢烧饭，先到桥头唱山歌。

七

翠竹经风好婆娑，就像阿妹来经过。

削根竹竿做支笛，送给阿哥和妹歌。

八

长寿钟声荡清波，绵绵悠长像哥呵。

三更醒来不想睡，早早为哥念南无。

七绝·印溪书舍

黄　匡

印月无边俯碧溪，溪山有愿化春泥。

书琴携柳继高格，舍纳海天诗有梯。

七律·沙头赞

陈燕青

沙头四月风光好，芳草连天鸟雀灵。
竹外桃红油菜艳，梨旁柳绿麦苗青。
东桥水榭测晴雨，西岸舟船荡翠萍。
金碧朱楼邀墨客，品茶饮酒赏繁星。

七绝·恩铀月季园

鲍善安

民建成员案件提，投标土地获朱批。
夫人名号恩来命，故里钟情月季迷。

画堂春·沙溪村镇文旅振兴

陈 晨

三桥七浦醉仙乡。溪头叠翠流光。碧田纱帐舞霓裳，风过香塘。
营旅飞鸢陌上，盈盈笑语芬芳。小村褪去旧时妆，妙手新章。

蝶恋花·文艺沙溪

陈 晨

遥望娇莺鸣碧树。水色氤氲，棹女摇轻橹。绮袖丝裙真善舞。
芳华便似乡情语。

柳岸琴音仙馆处。弦乐笙歌，珠落听檐雨。堂苑雕花迷蝶驻。
春风一缕过朱户。

清平乐·过沙溪蒋恩钿月季园

陈 晨

和风吹絮。春色浓如许。花影妖娆花间路。抬眼高墙仙墅。
一念梦入华堂。珠帘更忆芬芳。谁撷倾城月季，满襟清露微香。

注：华堂，指人民大会堂。当时，"月季夫人"蒋恩钿女士受邀筹建人民大会堂月季园。

七绝·香塘村访田郎不遇四首

龚道明

一

东风吹得绿天涯，携眷踏青春意赊。

欲访田郎问蝴蝶，他家院内种鲜花。

二

风和日暖柳丝斜，随蝶进村妞在家。

不见当年汤罐水，清香一盏雨前茶。

三

左掘鱼塘右种瓜，华楼新建路人夸。

田郎朝买时装去，伉俪同乘小轿车。

四

田郎书室绿窗纱，书报盈橱碧幔遮。

沙发借休双眼倦，一帘幽梦武陵槎。

七绝·恩钿月季花园拾韵八首（附联）

龚道明

月季花海

满园燕瘦斗环肥，万紫千红纵目迷。

竞驾诗舟花海去，看谁携得女皇归。

附联：

花国醉香梦，海天凝彩霞。

阳光草坪

翠绿如茵春意长，柔情似梦浴斜阳。

游人俱把诗心发，花海风来满地香。

附联：

草色初春后，阳光薄暮时。

碧翠清风

莺飞草长尽诗材，翠陌碧堤吟眼开。

遥望虹桥含月影，风陪花气入怀来。

附联：

脚边皆碧玉，袖里尽清风。

翠微汀澜

揽月湖边拍翠澜，蒲汀花渚荻芦滩。

何当携得知音至，联步赓歌上韵坛。

附联：

红雨飞汀燕，馨风漾月澜。

绿柳浮荫

天布瑶青水挹蓝，柳丝缫绿上衣衫。

闻君不爱穿绯紫，此处常来看落帆。

附联：

风清三岛水，柳绿一堤烟。

涉水寻芳

寻寻觅觅屡忘餐，涉水翻山未下鞍。

莫道人间无乐土，过桥便是武陵源。

附联：

入园寻蝶梦，涉水问渔舟。

渔人码头

斜风细雨扣舷歌，鸥鹭同舟野兴多。

笠帽蓑衣垂钓客，王侯将相又如何。

附联：

莫将磻水竹，当作富春竿。

平湖揽月

晶澈平湖似镜磨，情思揽月舞婆娑。

嫦娥出水嫣然笑，新插鬓边恩钿花。

附联：

临湖思柳毅，揽月梦青莲。

一剪梅·渠泾村春访农姑

龚道明

风剪江村柳吐芽，燕子微斜，麻雀轻喳。农姑短发脸飞霞，才植枇杷，又饲鱼虾。

隔岸红楼指是家，先赏轿车，后赏盆花。流金岁月梦无涯，品了香茶，话了桑麻。

七绝·太星村

龚道明

金辉灿烂太仓星，升起东方耀眼明。

莫道桃源来世外，嘉宾四季赞声盈。

七绝·涂松村

龚道明

蓝天绿水路成行，别墅连云花木芳。
扮靓农家新岁月，沪宁倩妹嫁田郎。

七绝·岳镇村

龚道明

交通集镇双依托，物业兴村成效多。
先进文明连踵至，农家院内绕新歌。

七绝·艳阳农庄

龚道明

黑白天鹅嬉水间，木亭竹屋柳林边。
别含风味农家饭，带得艳阳盈口鲜。

七绝·七浦民居

龚道明

印溪名镇古风浓，七浦三桥卧玉虹。
两岸楼台皆枕水，月明梦入槽声中。

七绝·乐荫幽篁

龚道明

乐荫婷婷花想容，过仙桥影玉弯弓。
碧莲踏步香盈足，伴入幽篁第九丛。

七律·沙溪美

陈 健

庭院深深深几许，碧波渺渺渺无穷。
森森大树长垂翠，座座高桥远架虹。
古巷幽遐恬细雨，新街宽畅醉香风。
明清雅韵依然在，游客纷纷入画中。

七律·千年古镇焕发新活力

黄莉英

傍水人家枕月眠，雕花窗户古桥边。

长街典雅坦途接，美食飘香游客绵。

昂首牌楼藏故事，凝眸展馆敬先贤。

人潮涌动长龙接，美妙沙溪活力延。

玉楼春·美丽乡村

陆淑萍

一水柔蓝归远棹，临岸江村幽独抱。锦茵铺地蘗将舒，翠幄苍心青未了。

别墅烟笼人窈窕。月色鸡声添梦好。悠然直立叶田田，时有清风尘尽扫。

点绛唇·恩钿夫人月季园

鲍群慧

烟郁摇红，四时荣谢丝绒色。粉匀绿刺。不许清狂觅。
花径春深，五月风来溢。香似蜜。交飞蝶客。谩点胭脂笔。

［中吕］山坡羊·游橄榄岛

鲍群慧

花廊迂邃，竹林环翠，萋萋芳岛双流汇。柳丝垂，鹭汀飞。琼
枝玉树罗阶砌，亭转朱栏烟共倚。春，来梦里。秋，来梦里。

行香子·沙溪行

黄稼英

七浦平潮，两岸帘招。丽川流水显妖娆。天泉听月，夕照虹桥。品塘中藕，林中笋，盏中醪。

东南重镇，英才层出。调吟唐门领风骚。晓邦兴舞，核弹天骄。赏水边诗，橹边雪，竹边箫。

七绝·过沙溪古镇（外一首）

陆卫东

雨润青砖幽巷静，楼台枕水晓烟开。
溪桥月色流清影，柔橹悠悠入梦来。

赞书乡沙溪

沙溪自古名遐迩，更著书乡赞誉声。
重教崇文多建树，千年蕴积意丰盈。

七绝·戴隆盛茶馆

子 愚

戴隆盛里话春秋，如坐壶天一日游。

独此老街茶水馆，依窗入眼尽东流。

减字木兰花·题友沙溪洞天茶庄兰边小影

周黎霞

茶烟飘渺，旧室猗兰臻静好。触指流光，别有销魂满袖香。

孑言影只，来往千山如未隔。自倚栏杆，万事人间不觉寒。

七律·春游七浦河

钱永泉

东隅井邑溢河津，燕绕回塘苑树春。

浪楫声高川自媚，风樯影转月常新。

依城里巷朱弦润，枕水楼台墨妙均。

烟雨流沙千叠翠，鸥波惹绊醉中人。

注：七浦塘入选全国"最美家乡河"。

七律·乡陌行

钱永泉

春来晓陌柳风清，絮影丝魂伴客程。

古岸独留花乱舞，遥汀自有鸟争鸣。

微茫野渡霜前鬓，起落村烟梦里声。

一别经年尘路渺，人生难舍是乡情。

七律·橄榄岛之春

钱永泉

潮生春浦水天开，叠翠连廊绕故台。

夕照虹桥留客久，风漪鹭渚泛舟来。

亭前望海涛鸣鼓，渡口回澜石化苔。

泽远千波浮郭盛，沙头对月共流杯。

注：橄榄岛，是沙溪古镇上一座风景独特的人工岛。1956年，当地对戚浦河进行全面疏浚时，在镇南开挖了"新戚浦河"，形成了"两河夹一岛"的自然景观，宛如一叶扁舟，两头尖，中间鼓，又形如橄榄，因此而得名橄榄岛。

雏
凤
清
音

　　龚公道明，系沧江吟社元老，现任太仓市诗词协会监事，数十年来笔耕不辍，创作格律诗词数千首。道明先生亦是太仓诗教之先行者，2008年以来，参与组建了鹿河小学小银杏诗社、新塘小学新荷诗社、王秀小学红枫诗社、归庄小学紫藤诗社，并常年担任校外辅导站诗词专职教师。

　　值《沙头望月》诗词集成稿，特将道明先生辅导之沙溪归庄小学紫藤诗社小友诗作选录，以飨诗友，兼对先生十数年之辛勤诗教致以崇高敬意。

沙溪镇归庄小学紫藤诗社咏穿山诗选

七绝·忆穿山

苏一帆　六（3）班

太仓昔日有穿山，洞是秦皇手臂弯。
今叹不知何处去，风风雨雨唤它还。

七绝·福地新貌

朱恩馨　六（1）班

穿山去后总难忘，六十年来日月光。

福地今开新面貌，高楼座座说沧桑。

七绝·新风光

张若熙　六（2）班

改革旗开四十年，穿山遗土好耕田。

桃花一片红如海，远望华楼上接天。

七绝·春日穿山

刘欣悦　六（2）班

漫山红绿亮双睛，花朵摇摇未晓名。
穿过竹林人影杳，但闻阵阵鸟惊声。

七绝·夏日穿山

范思宇　六（1）班

林花仲夏尚芳菲，望去分明锦绣堆。
疑是九霄才落下，留连到晚不思回。

七绝·秋日穿山

徐嘉奕　六（2）班

漫山红遍层林染，北雁飞来落小丘。
想是枫林藏古寺，钟声阵阵荡心头。

五绝·冬日穿山

孙　慧　六（1）班

雪花开满山，岩下水平湾。
携友琼瑶踏，回望尽笑颜。

五绝·花中穿山

陆芷嫣　六（2）班

小山红烂漫，蝴蝶舞逍遥。
处处花开艳，芳香阵阵飘。

七绝·雪中穿山

王柯晴　六（3）班

纷纷大雪落人间，一片茫茫何处边。
我去穿山观美景，白袍威武独昂天。

七绝·梦游穿山

陈奕霖　六（3）班

远望穿山高入云，楼台亭阁绕歌频。
山腰岚雾迷花路，走近徘徊不见人。

七绝·穿山月夜

党艺博　六（1）班

一镰弯月挂崖巅，星斗满天皆未眠。
共为穿山添美景，穿山笑我舞翩跹。

七绝·穿山心影

冯子旭　六（3）班

独立峰尖挂朵云，满坡竹影绿衣裙。
山边池水清如镜，淡淡花香处处闻。

苏沪浙诗人沙溪雅集

　　癸卯闰二月十二日，沧江吟社邀约上海诗词学会、上海静安诗词社，及浙江西湖诗社，及苏州沧浪诗社、吴江秋鲈诗社、常熟红豆诗社、昆山诗词学会、张家港今虞诗社诸师友六十余人雅集于太仓之沙溪，是为"癸卯苏沪浙诗人沙溪雅集"。现辑录雅集佳构于左，以彰后来。

上海篇

双调忆江南·赠沧江诗社诸友

胡中行

　　沧江好，此地久闻名。青苇临风伴白鹭，云楼雅集满诗情。东道葛先生。

　　沧江水，渊溯自明清。曾有王吴真领袖，娄东一派聚菁英。无雁也留声。

注：1.青苇、白鹭，指沧江吟社的"三鹭七苇"。

　　2.葛先生，沧江吟社社长葛为平。

　　3.王吴，指明代的王世贞与清初的吴伟业，两位文苑诗坛的领袖巨擘均是太仓人。

七律·苏沪浙沙溪雅集

孙　玮

自古娄东灵杰地，重来浦北稻花乡。
云帆雁影询三宝，笔墨萍踪话四王。
揽越襟吴邀意气，临风撷雨著文章。
今宵暂借玄恭酒，且向沙溪祭有光。

七绝·沙溪行

林美霞

满目新奇别样春，沙溪风景绝无伦。
欣看药业超时代，又有归庄好酒醇。

忆江南

朱 荣

沙溪好，雅集聚群贤。古镇畅游看史话，庵桥闲步听清弦。酬唱结诗缘。

浙江篇

河传·沙溪义兴桥漫兴

蔡国强

虹梁谁绘。卧两桁老屋，一波流水。檐影参差，漫领庵桥相对。石鱼在、灵芝碎。

沙溪此际壶中最。乌瓦斜阳，也与繁华会。独凭栏干，望里几丛新翠。一抹烟、千年醉。

河传·玄恭酒村小记

蔡国强

杜康境里。见当年杯盏，河边酒旆。隐隐笙箫，不是今朝歌吹。倚玉楼、摇碧水。

酒香迷离君得未。百里醇醪，馥郁三千岁。黄花同醉。乱把诗魂揉碎。寄河传、谁能会。

河传·沧江楼雅意

蔡国强

青琐。私我。看葱茏绿意，小轩深锁。谢了夭桃，还见海棠如火。梦摇波、和月卧。

莺啼深巷随风簌。软语吴侬，春老怜池左。弇山装裹。只为今宵来过。寄诗魂、斜袅娜。

七绝·归庄油菜花

蔡国强

白云绿树胃春烟，堤外波光漾碧涟。
最爱黄花风拂处，鎏金诗绪到天边。

七绝·归庄雕塑

蔡国强

真为假处假为真，遍地黄金亦等尘。
每叹当年都砸烂，天公有道敢欺人。

五律·娄东宾馆别葛兄湧哥
用白香山同游即弟兄意折腰寄之

蔡国强

太仓三两日，此番幸逢公。

交影轻文字，共游成弟兄。

谈次春花落，吟边锦瑟丛。

望望宾馆远，不敢恨东风。

七绝·沙溪古镇

唐金梅

错落桥横浦柳斜，连云似雪遍樱花。

凭栏望尽春风里，流水绕城三百家。

七绝 · 咏玄恭酒文化产业园

应绿霞

玄恭合是解销魂，一盏醺酣万事春。
我自醪糟香里过，看花还似看佳人。

七绝 · 太仓娄东画派

杜琳瑛

南宗禅论感兴衰，三百余年盛一时。
崇宋崇元传正脉，四王山水自清奇。

七绝 · 参观沙溪古镇庄西村

杜琳瑛

未入桃源闻酒香，乾隆名赐复隆黄。
我来愿步玄恭隐，长醉江南云水乡。

注：归庄，字玄恭，曾隐居于此。

河传·游沙溪古镇

杜琳瑛

闲步，长仁，古庵桥。灰瓦楼台水遥，千年往事忆难销。春朝，诗思如涨潮。

江左风流逐梦远，劝持盏，鸥鹭怕轻散。柳垂丝，戚浦西。画眉，绿窗飘酒旗。

七律·太仓沙溪采风作辘轳体一组

范 侠

沙溪行之接风夜宴

遍寻诗意到沙头，玩月学登孙楚楼。

适口割烹皆细馔，遏云吟啸有良俦。

漏过半夜城先静，酒至三巡兴未休。

隔座各施鲸吸技，娄江浙水一时收。

沙溪行之午夜茶话

为共烹茶雅士谋，遍寻诗意到沙头。

篆烟香每聚还散，针叶身谙沉与浮。

识见如唐著经者，笑谈似宋赌书楼。

凭风卷气逾窗去，换得清光洗碧瓯。

沙溪行之游归庄镇

欲凭牛饮赚青眸，以效刘伶太白流。

愧乏别肠包物外，遍寻诗意到沙头。

一方黔首皆能酿，万瓮黄汤孰与俦。

娄水归庄知在迩，溢香深恐醉江鸥。

沙溪行之沙溪古镇

也惯孤筇任兴游，所过绝少此清幽。

香风绿蚁老廛肆，皱影青墙小钓舟。

漫抚桥阑数苔迹，遍寻诗意到沙头。

未知谁甲江南色，但获心安即可留。

沙溪行之沙溪雅集

尝于附骥苦筹谋，乃共诸君几度游。

我自吟哦无足贵，他人謦欬尽宜求。

才虽难副推袁语，性尚能驱访戴舟。

一旦获邀登雅宴，遍寻诗意到沙头。

八声甘州·沙溪镇吟怀

张姬君

　　慕东吴古镇独清柔，渺渺隐千秋。观长街荦却，青砖古迹，溪阁骑楼。漫许淹留旧梦，春水荡轻舟。任有柳丝曳，绿尽沙头。

　　随处鹞翻蝶舞，似笛音脆婉，歌笑汀州。渐春笺花信，轻履约漫游。引玄酒、横斜沉醉，数几番、江左冠风流。凭阑处，斜阳霞彩，更引回眸。

七律·沙溪美食

张姬君

暮过庵桥近食家，肉松香漫至天涯。
诸君举荐草头饼，独我搜寻豆腐花。
玉质凝脂犹素淡，爽喉嫩滑亦清瑕。
纵然满汉三千席，乡土余甘一片霞。

七绝·古巷

张姬君

送我春风慕窈娘，人生何处不留香。
欣凝遗迹沙头卧，青黛砖墙说鬓霜。

七绝·戚浦河

张姬君

戚浦厢廊桃蕊红，庵桥倒影倚梧桐。
渐行舟去吟孤月，剪束斜阳泊晚风。

如梦令·品尝沙溪镇玄恭酒

张姬君

犹见沙溪蝶舞。似有胭红金缕。风韵等谁看，斟满玄恭玉乳。甘露。甘露。醇厚滋濡心腑。

七绝·游沙溪古镇

兰静孚

绿叶扶疏破瓦色，花枝照眼压墙低。
但看桥头波滟滟，一壶春酒好相携。

望江南·游沙溪古镇庵桥

兰静孚

晴日好，桥上正春风。花气自随人左右，白云长在水西东。沽酒伴蓑翁。

苏州篇

满庭芳·沙溪

周　秦

十里长街，百年旧宅，萦回七浦横塘。清明时节，陌上菜花黄。雨过柳亭杏苑，正燕啭、王谢雕梁。乡音闹，义兴桥畔，吹笛卖饧糖。

倦游归去也，一帆风月，几度沧桑。暗换了，樽前鬓发如霜。尘海梦醒何处？且掉首、鸥鹭相忘。三杯尽，玄恭醉矣，休怪老颠狂。

清平乐·沙头望月

马小萍

润溪夜静，浅梦风吹醒。窗外高空悬玉镜，相视还寻对影。
玄恭酒饮坛前，唐调诗咏心间。百媚小姑无赖，偷移天阙新圆。

沙头望月

记癸卯闰二月沙溪雅集

马小萍

印溪书舍珠还，春满归庄少闲。

黄萼娉婷午后，柔茵纾缓田间。

当知华灿如昼，试酌清泉醉颜。

曳曳摇杯潮起，银钩浸酒弯弯。

行香子·游沙溪归庄

闵凡军

最美河流，七浦芳塘。如玉带，穿镇连乡。盈盈一水，占尽风光。
有鱼儿乐，人儿唱，草儿香。

竹林瓦舍，玄恭绿蚁，沐斜晖，青石桥旁。木鱼芦笛，村曲宫商。
醉一杯酒，一碗茗，一藜床。

七律·归庄采风兼赞七浦河入选全国最美乡河

闵凡军

节近清明草木新，桃源陌上笑频频。

好风起舞星看柳，翠竹鸣琴月赏春。

美酒玄恭天外客，回塘戚浦画中人。

归庄有喜知谁见，最美乡河一叶巡。

满庭芳·七浦塘

闵凡军

七浦回塘，一湾澄澈，风生雪浪飞花。粉墙黛瓦，岸柳掩人家。红雨纷纷千树，桃花渡，画舫听蛙。归庄隐，一壶风月，浪里泛渔槎。

戚公行大义，疏河筑垒，奋旅倭瓜。铸英魂，高风万世清嘉。白鹭群翔戏水，翩跹舞，相伴飞霞。农家乐，玄恭美酒，炉火煮香茶。

注：3月22日是"世界水日"，水利部、重庆市人民政府在重庆联合举办第二届寻找"最美家乡河"活动揭晓仪式，太仓七浦塘入选全国"最美家乡河"，是江苏省唯一入选的河道。沙溪百姓因仰慕抗倭名将戚继光的英雄业绩，将七浦易名为戚浦，故又名戚浦塘。它西起阳澄湖，东至长江，全长43.89千米。

满庭芳·古镇沙溪依韵葛会长

闵凡军

古镇沙溪，唐风宋雨，千年流水娄东。街衢巷陌，鼎沸干苍穹。
七浦红桃绿柳，凭栏望、香袖帘栊。清欢处，人间有味，胜玉殿仙宫。

凌波摇款步，流风回雪，翩若惊鸿。更难忘，郑和探险游龙。
破壁精神犹在，云帆挂、弄浪长风。潮流顺，江河滚滚，蹈海定称雄。

七绝·清波荡橹

丁凤萍

粉墙水埠映清韶，傍岸花风金缕摇。
是处游人听末了，船娘乡曲过三桥。

七绝·特色小吃

丁凤萍

草头蜜豆味香撩，鸡鸭肥肠细细燂。
小镇从来烟火色，教人驻足品觞杓。

七绝·玄恭酒业

丁凤萍

何期信步到归庄，已觉薰风透碧香。
也学诗仙难觅句，一盅米酒润枯肠。

七绝·生态药业

丁凤萍

奥深科创正芳春，励志民生实抱真。
药谷灵芝藏不住，寻微探秘闯关人。

七绝·名流先贤

丁凤萍

乌篷逐梦载酣游，记取风流同唱酬。
持酒蹒跚抬望处，一轮碧月照沙头。

七绝·古镇春晓

丁凤萍

小桥箩担踏平明，深巷吆来三五声。
香饼草头先出客，灯笼高挂八方迎。

西江月·沙溪采风

谢庆琳

又趁春和景丽，还邀江左诸侯。吴根越角聚沙头。一醉玄恭杜酒。
水巷深深浅浅，老街去去留留。庵桥高枕与天浮。似有钟声长久。

注：庵桥处原有长寿庵。

秋蕊香·沙溪古镇雅集

包翠玲

两井三桥灵地,古镇老村流水。春山芳树和烟翠,花下人儿明媚。风携碧浪催生意。骚人会,琼杯漫惹诗情沸。最是微醺轻醉。

河传·癸卯苏沪浙三地诗人沙溪雅集
用蔡国强大师葛为平会长韵

包翠玲

诗家雅会,正春光旖旎,吟怀如水。古巷石桥,古树老街相对。叶复隆、香细碎。

沙头望月千秋最,药谷香糖,锦绣谁能绘。鸥鹭忘机,俊侣芳游寻翠。且飞觞,拟一醉。

注:叶复隆系归庄黄酒品牌。

画堂春·沙溪香塘村

包翠玲

天蓝地绿水含香，金波照影华堂。玉枝琼树吐芬芳，竹院松廊。
一棹好风向梦，半船明月流光。群英擘画著文章，美了香塘。

城头月·沙溪望月

包翠玲

溪头月色诗情透。一棹春风又。古寺庵桥，清流漱玉，欲把仙姿秀。
漫闻天籁香依袖。五柳门前走。十里亭台，云笺小字，仙境吟怀扣。

七绝·古镇街头

王家伦

东南十八镇争鸣，首届沙溪负盛名。
春日融融人济济，灯笼千挂喜盈盈。

七绝·顾阿桃展览

王家伦

无声组画现当前，一去悠悠五十年。
老妪文盲呈百舌，未随往事化云烟。

注："文革"中沙溪文盲顾阿桃仅凭几幅画的提示谈论天下。

七绝·庵桥寻古

王家伦

七浦镇南流古韵，一桥堍北见先痕。
更楼高筑民居处，此地当年作巷门。

七绝·玄恭酒街四首

王家伦

一

归庄得号自归庄，明末清初耀眼光。

一喊悠悠年四百，如今并镇酒传香。

注：归庄镇因明末抗清英雄归庄居于此而得名。

二

才女心仪李易安，又诗又酒不蹒跚。

杯中见底乾坤大，却又留神另一坛。

三

眼前万物忽朦胧，甏瓮粮囤恍惚中。

借得酒香骚客醉，双瞳无力辨西东。

四

盈盈双榭候东风，泓碧微澜荡漾中。

或作醉人催醒处，波光云影辨天穹。

西江月·沙溪采风次谢庆琳姐姐韵

施玉琴

江左邀寻诗友，归庄喜遇贤侯。春光一路满枝头。野客折花行酒。

天暮不知归去，水遥几作淹留。香塘风细晚烟浮。醉看夕阳已久。

七律·七浦塘

施玉琴

十里阳澄碧水长，一舟摇荡入斜阳。

鲈鱼出没一江阔，鹳雀低飞几度忙。

月落娄东烟漠漠，风吹堤上草茫茫。

渔翁醉卧篷窗下，笑指银辉洒满舱。

七绝·沙溪古镇二首

冷桂军

一

古烟深境似黄昏，扫却春残人海存。

莫定寻常王谢燕，可怜殊世返香魂。

二

藓壁无春伴落花，悲禽不到水声哗。

似莺非燕人闲立，影上阑干寒树斜。

七律·过沙溪老街

朱永兴

久慕沙头春日临，清风疏韵涤烦襟。

幽幽老宅斑如故，脉脉长街神至今。

伟业诗章青史列，阿桃奇事感怀歆。

回眸一派人潮景，其境其情酬寸心。

注：1. 伟业：即吴伟业，号梅村，太仓人，明末清初著名诗人。

2. 阿桃：即顾阿桃，太仓沙溪人，"文革"期间名人。古街设有顾阿桃事迹陈列馆。

七律·入玄恭酒文化园

朱永兴

行寻春色入仙乡，坪上欣看乌黑缸。
花灿草青三月丽，曲尘气散满园香。
深闻醇味精神爽，初把金樽意气扬。
夜宴饮来难脱手，一壶收尽落诗章。

七律·题香塘露营村

朱永兴

甜蜜香塘一望空，露营宛若画图中。
水村驾到可妮兔，农野迎来布朗熊。
漫步云端嬉片月，放歌浮岛挟长风。
轻车鸣破乡间路，笑语惊飞霞彩虹。

七律·咏太仓生物医药产业园

朱永兴

转瞬娄东生药谷，腾腾科创一蓝湾。

五洲金凤飘然至，四海豪商怡悦颜。

且听机鸣争奋跃，欣看塔吊相追攀。

田园又有春风约，画断沙溪赋锦斓。

河传·忆沙溪古镇行

王健男

沙溪雅会。恰晴空万里。高扬徽帜。市列户盈，漫品老街清绮。看古桥、多旖旎。

风情曼妙千年地。往事依稀，水韵诗情系。春色既同，更是如初无忌。举觞杯，共一醉。

满庭芳·沙溪古镇

王健男

雅聚沙溪，漫游古镇，一街罗绮嫣红。户盈铺满，闲话说吴侬。多少明清老宅，依傍在、戚浦西东。通幽处，印溪书舍，斜日照帘栊。

从容。深巷里，樱花朵朵，绿意葱葱。倚红药栏杆，人面春风。莫道深情几许，真心付、绿酒杯中。归来晚，届时定把，诗兴寄飞鸿。

相见欢·谒归庄

王健男

春随花去无踪。水流东。坐看庭前苍翠、品玄恭。

荼蘼架，秀清雅，已葱茏。村外绿杨深处、听潺淙。

七律·癸卯闰二月沙溪雅集二首

周向东

一

东风命驾趁新晴，一水人烟稠处明。

向古楼台归别梦，于今花木解同情。

铺中糕点香留字，壁上文辞墨擅名。

直拟驰怀回日月，石桥村市度平生。

二

七浦河生佞宋心，耽书藏阁古为今。

推窗依岸花千树，试茗循溪日满林。

枭桼舟闲曾载酒，游观人聚各挥金。

留连湖海交流地，更作娄西第一吟。

注：沙溪原属常熟，明时划入太仓。有东南第一镇之誉，商贸文化，俱各领先。三十年前，余表哥于此设厂，故常得游。今重来，街市繁华而斯人已逝，能不喟叹。

七律·三月初访沙溪

倪惠芳

沙溪七浦阳澄浪，东海沧波接远涛。
北至高墙敷雨泽，南来飞盖荫诗骚。
长街商贾红幡酒，唐调书声绿叶桃。
三月同春初探访，灵犀似得万丝绦。

五古·咏归庄酒

周向东

假庵之季子，流落至归庄。
寂寞一杯酒，逐花时发狂。
抗清家已覆，志节在逃亡。
此恨何人觉，唯看各举觞。

河传·义兴桥步蔡国强先生韵

王健男

东风竞绘，染霞赋彩，成此流花水。一棹送迎，正拟凭栏相对。碧波动，画影碎。

吴中胜日咸称最。吟雪留春，况值群英会。信步虹飞，漫忆笑红颦翠。兴未阑，人已醉。

临江仙·沙溪行

王建华

绿鸭先知水暖，晓风吹破春眠。兴乘兰棹泛波澜。渡头传酒处，陌上晚晴天。

谁与黄花扶醉，更教舞柳翩跹。沙头溪水自延绵。骑楼双雨燕，解语六朝烟。

七律·过沙溪有句

杨卫锋

春落沙头一缕烟，画楼廊影正缠绵。

街因有迹通南北，竹自无心得地天。

元敬思馀重论杰，庄西过罢莫称贤。

酒如香比繁花烈，檐下还听二月泉。

五律·游沙溪古镇

陈烨文

会得东君意，来寻古镇缘。

斜阳移树影，水岛接云烟。

还羡溪桥趣，能经岁月延。

闲看潮起落，月出不催眠。

一萼红·沙溪偶寄

单春华

舣虚舟。略凉云阁雨，爽气净清悠。绿润飏波，烟涵列墅，欲画水国深幽。岁华半、炎氛未障，园荫窈、花气唤登楼。苔曲栈空，莓垣蜗老，千载湮留。

回首微吟客侣，几青衫自适，白首夷犹。故约疏风，故人片梦，别作月冷帘钩。便怜取、牙行歌馆，舞歌外、精珑赌春秋。僻远未容沧海，一样闲愁。

七绝·游沙溪古镇

陈志明

南桥高与北桥齐，石板街回小弄迷。
只得浮生闲半日，故留清影住沙溪。

七绝·游庄西酒庄

陈志明

酒肆藏名小邑猜，归庄错落酒庄开。

曲香熏得何人醉，伴侣呼来不肯回。

七律·沙溪印象

赵彩玉

穿城碧水跨虹飞，杨柳连堤尽翠微。

药谷盛名惊四海，香塘妙技跃方畿。

于今频出英贤士，自古长存吴楚威。

步入归庄休记省，衔杯弄墨且忘机。

踏莎行·清明前三日沙溪雅集

赵彩玉

麦秀千畦，花香一路。清明将近沙溪赴。诗俦相约绘春朝，放怀引步寻幽处。

药谷弥香，三桥延古。归庄试醉壶觞举。斜晖弄影兴犹深，长酣话别真情诉。

五绝·沙溪雅集过归庄有感

俞建良

二月沙溪行，邑人依旧名。

醉仙奇隐处，谁识酒中情。

七绝·归庄酒舫小饮忆玄恭墨竹卷亭林先生跋有感

俞建良

避秦佯醉实堪嗟，墨竹偶挥何处家。

故里同窗题跋赞，归奇顾怪一奇葩。

点绛唇·过沙溪老街

赵红梅

古镇沙溪，盛名千岁巍然立。琴音凝壁。楼榭存仙迹。

六角亭虚，隐士豪魂寂。几寻觅。小轩画入，谁与吟花坼。

点绛唇·过七浦桥有寄

赵红梅

桥堍樱红，前朝银阙烟波驻。画廊深处，谁倚寒微树。
又看芳菲，翻落尘埃去。春不语。操琴作赋，君亦蓬蒿住。

点绛唇·寄归庄

赵红梅

推仔楼边，浅红深绿翻新卷。雅歌琴苑，狂客柔心恋。
竹石庭风，溪月知寒暖，莫悲叹。青灯残篆，遗梦浮桥畔。

七绝·观药谷

赵红梅

一粒神丹古法研，时珍本草写遗篇。
中西合璧扬威望，只为黎民百姓传。

七绝·玄恭酒

赵红梅

琥珀流金一盏香，诗翁何以醉嘉觞。
从来君子行贤礼，几口玄恭作酒狂。

点绛唇·游太仓沙溪古镇

范兴荣

回梦明清，石桥窄巷雕梁户。门前戚浦，吴女摇吴橹。

垂柳芸苔，小院樱花树。飞红舞。米糕摊铺，笑语盈盈处。

七绝·癸卯闰二月沙溪雅集

张 湧

一轮古月照沙头，几度春风忘白鸥。

梦里虽知身是客，枕桥醉卧似黄州。

西江月·癸卯沙溪雅集和谢庆琳女史

张湧

古邑常怀性格,娄家遍结公侯。西阶沪浙会沙头。聊备三杯薄酒。

旧雨昨来今往,小楼雁去声留。夜阑送客月星浮。且共诗情永久。

双调忆江南·次韵胡中行教授赠词

黄匡

兄台好,海内满修名。日下云间多意气,换杯推盏怎忘情。迎面暖风生。

长江水,肝胆映心清。沪上群贤真旧雨,娄东同道仰菁英。宏木继家声。

七律·同苏沪浙诸公游沙溪古镇随感

杨世广

百年古镇旧城池，一路青砖绕屋基。

会友相逢谈往事，行人欲去问前知。

门开绿树笼烟雨，户映红楼入画诗。

我亦平生耽胜景，何时重到此间移。

七律·看七浦塘聚贤

陈　晨

今风古韵两相依，遥看烟霞染翠微。

远树流云飞鹜鸟，临花浦水共斜晖。

廊桥仄仄骚人会，街巷深深诗友归。

极目更思舟岸远，凭栏处处见芳菲。

七绝·诗聚沙溪

宋宝麟

沙头骚客赞声扬，谁送东风又艳阳。

门外古桥来古韵，化为春雨润家乡。

［南吕］四块玉·记沙溪雅集

张目目

莺燕衔，蜂蝶伍。江南闲适踏春途。好春无限花间步。晴日舒。风过徐。暖入骨。

矮瓦朱，幽苔绿。当年不见旧颜枯。沙溪古镇石头路。路上是灵得来翠柳出。嗲得来莺啭舞。赞得来臭豆腐。

香溢处，玄恭路。佳酿盈杯恰风儒。琼浆一盏醍醐悟。醉教得张旭草书。陶潜悠居。清照迷途。

咏月语，吟风句。一卮鲁酒醉三苏。满屋彩墨醒韩愈。在座的尽是些。真太白。活杜甫。

金句集萃

拱桥含满月，小阁枕长河。

蛙鼓三更静，鸡啼四野明。

风清三岛水，柳绿一堤烟。

临湖思柳毅，揽月梦青莲。

几处清漪映翠枝，一桥曲径渡春池。

南浦风摇三径柳，画轮影落半江楼。

垣墙半蚀花依旧，阁道斜通客不同。

白云路转廊桥见，古井亭前花树低。

庵南竹影身当正，院北荷馨气自清。

驹影百年归影事，柳烟十里杂烟尘。

春水群鱼潜浪底，沙洲孤雁上云梢。

平平仄仄楼沿水，叠叠层层瓦次鳞。

小巷小桥皆入景，无风无雨自成氲。

白发凭栏诗酒老，小楼怀旧管弦轻。

岁月诗书全化酒，沧桑涕泪不成盅。

忧谗畏讥红尘事，物与民胞国土心。

七浦塘边参起落，三桥影里落阴晴。

一河开出千年福，两岸丰成万顷田。

黄酒香浮琥珀浓，玉杯潋滟醉颜红。

轻飏细雨桃花渡，淡映斜阳柳叶村。

轻踏春风新浦左，闲寻香旆画楼东。

青杏开时三夕雨，白鸥飞处半江风。

一片晴云藏袖底，千般诗意在沙头。

数字耕耘凭智造，一村蔬果借云邮。

半川鸥鹭翻晴雪，十里楼台倚翠薇。

竹外桃红油菜艳，梨旁柳绿麦苗青。

微茫野渡霜前鬓，起落村烟梦里声。

作者简介

沈华维　中华诗词学会副会长

胡中行　上海诗词学会顾问、监事，上海静安诗词社社长，上海觉群诗社副理
　　　　事长兼社长，复旦大学教授

孙　玮　上海诗词学会副会长兼秘书长，上海《虹口报》主编

林美霞　上海诗词学会理事，上海静安诗词社执行社长

朱　荣　上海静安诗词社副社长

蔡国强　杭州师范大学韵律研究所所长，词谱学家

应绿霞　中国楹联学会理事、中国楹联学会对联文化院教育部主任，浙江省诗
　　　　词与楹联学会常务理事兼楹联部副主任，浙江省辞赋学会常务理事兼
　　　　副秘书长

杜琳瑛　中华诗词学会理事，浙江省诗词与楹联学会常务理事，蕉园诗社社长

唐金梅　杭州市诗词楹联学会副秘书长

范　侠　浙江西湖诗社理事，浙江省诗词与楹联学会会员，浙江省辞赋学会
　　　　会员

兰静孚　中华诗词学会会员，浙江省诗词与楹联学会会员，浙江西湖诗社社员，
　　　　杭州市书法家协会会员

张姬君　浙江西湖诗社社员

周　秦	苏州大学文学院教授、博导，江苏省诗词协会常务理事，苏州市诗词协会会长
马小萍	苏州市诗词协会常务副会长
闵凡军	苏州市诗词协会常务副会长
丁凤萍	苏州市诗词协会副会长兼秘书长
王家伦	苏州市诗词协会副会长
谢庆琳	苏州市诗词协会副会长
包翠玲	苏州市诗词协会副秘书长
冷桂军	苏州市诗词协会理事
施玉琴	苏州市诗词协会理事
朱永兴	苏州市诗词协会常务副会长，吴江区诗词协会名誉会长
倪惠芳	吴江区诗词协会副会长
王健男	吴江区诗词协会副秘书长
杨卫峰	常熟市诗词协会会长
周向东	常熟市诗词协会副会长
王建华	常熟市诗词协会副秘书长
陈烨文	张家港市诗词协会副会长兼秘书长
单春华	张家港市诗词协会副会长
陈志明	张家港市诗词协会副秘书长
赵彩玉	张家港市诗词协会理事
俞建良	苏州市诗词协会常务理事，昆山市诗词协会会长
范兴荣	苏州诗词协会理事
赵红梅	昆山市诗词协会秘书长
葛为平	苏州市诗词协会副会长，太仓市诗词协会会长，沧江吟社社长

郭学平　　太仓市诗词协会首席顾问

龚道明　　太仓市诗词协会监事、导师

程永彬　　太仓市诗词协会导师

子　愚　　太仓市诗词协会顾问

周黎霞　　太仓市诗词协会副会长

陆淑萍　　太仓市诗词协会副会长

张　湧　　太仓市诗词协会副会长兼秘书长

钱永泉　　太仓市诗词协会副会长

顾雪明　　太仓市诗词协会副会长

周彩萍　　太仓市诗词协会副秘书长

鲍群慧　　太仓市诗词协会副秘书长

陈　晨　　太仓市诗词协会副秘书长

黄　匡　　太仓市诗词协会理事

宋宝麟　　太仓市诗词协会理事

鲍善安　　太仓市诗词协会理事

汤　华　　太仓市诗词协会理事

焦　桐　　太仓市诗词协会理事

黄稼英　　太仓市诗词协会理事

蔡　平　　太仓市诗词协会理事

杨世广　　太仓市诗词协会理事

魏丽霞　　太仓市诗词协会会员

汪德符　　太仓市诗词协会会员

黄莉英　　太仓市诗词协会会员

邵秀华　　太仓市诗词协会会员

陈燕青　太仓市诗词协会会员

黄印良　太仓市诗词协会会员

陈汉林　太仓市诗词协会会员

潘国彪　太仓市诗词协会会员

张目目　太仓市诗词协会会员

陈　健　太仓市诗词协会会员

陆卫东　原江苏太仓港港口管理委员会副主任

葛天民　太仓市诗词协会原会长

夏受乾　太仓市诗词协会原副会长

张诚一　太仓市诗词协会原副秘书长

谷　洪　太仓市诗词协会原理事

跋

为弘扬中国传统之文化，挖掘千年古镇之宝藏，谱写当代沙溪之伟业，太仓市沙溪镇党委、政府于2022年与太仓市诗词协会达成文化合作意向，以传统诗词形式为沙溪镇的政治清明、经济繁荣、文化传承以及人民群众生活幸福创作一部名为《沙头望月》之诗集。

2023年春，沙溪镇党委、政府和太仓市诗词协会广发请帖，敬邀苏沪浙三地诗人入里采风。苏州沧浪诗社、上海诗词学会、浙江西湖诗社众诗家如期而至，应景嗟咏，佳构迭出。中国词谱学家蔡国强先生还激情自度了"沙溪引"词牌，吟者欣欣，和者芸芸。

经过半年多时间的精心创作，陆续收到各地来稿400多首。经遴选，本集共收录原创诗词350多首，作者80余人。地跨三界，龄迭四代，同一集而歌，齐一镇而咏，已然成为沙溪镇文化记忆中的又一个美谈和史实。

在此特向苏州沧浪诗社、上海诗词学会、浙江西湖诗社鸣谢。

编委会

2023 年 10 月